Chat, Natacha, chat

Luis María Pescetti

ALFAGUARA MR

INFANTIL

CHAT, NATACHA, CHAT
D.R. © del texto: Luis María Pescetti, 2005
D.R. © del texto y las ilustraciones: Luis María Pescetti, 2008
    www.luispescetti.com
D.R. © de la edición argentina: Aguilar, Altea, Taurus, Alfaguara S.A., 2008
D.R. © de las ilustraciones: Pablo Fernández, 2008

D.R. © de esta edición:
Editorial Santillana, S.A. de C.V., 2013
Av. Río Mixcoac 274, Col. Acacias.
03240, México, D.F.

Alfaguara Infantil es un sello editorial de **Grupo Prisa**, licenciado a favor
de Editorial Santillana, S.A de C.V.
Éstas son sus sedes:

Argentina, Bolivia, Chile, Colombia, Costa Rica, Ecuador, El
Salvador, España, Estados Unidos, Guatemala, México, Panamá,
Paraguay, Perú, Puerto Rico, República Dominicana, Uruguay y
Venezuela.

Segunda edición en Santillana Ediciones Generales, S.A de C.V.:
marzo de 2009
Primera edición en Editorial Santillana, S.A. de C.V.: mayo de 2013
Primera reimpresión: septiembre de 2013

ISBN: 978-607-01-1494-6

Realización gráfica de Alejandra Masconi y Gabriela Regina

Impreso en México

SANTILLANA

Chat, Natacha, chat

Luis María Pescetti

Ilustraciones: Pablo Fernández

ALFAGUARA ^{MR}

INFANTIL

A Gloria Arbonés y Damián
A Elena, Mariela y Pablo Makovsky

Te encierran por investigadora

—¡Híjole, Pati! ¡Mira! ¡Se está quemando un incendio!

—Nati, no se puede quemar un incendio.

—¡Ay, tú! ¡¿Y qué quieres!? ¿Que se queme el agua!?

—No, niña, el agua no se puede quemar.

—Bueno, entonces se quema un incendio.

—Natacha, el fuego no se puede quemar.

—¡Pati! ¿Te das cuenta de lo que dices?

—Sí, porque cuando hablo no se me tapan las orejas.

—¡No digo eso, niña! ¡Fíjate en lo que dices! ¡El fuego es lo que más se quema en el mundo!

—¡El fuego nunca se quema, Nati!

—¡¡¡Pati!!! ¡Que no te escuchen en la escuela porque te meten presa!

—¡Natacha, tarada, el fuego quema las cosas, pero él no se quema!

—¡Pati, si el fuego se enciende es porque se puede prender fuego; entonces se quema, tarada!

—¡No, burra, lo que se quema es el aire!

—¡Pati, el aire apaga el fuego!

—¡El viento apaga el fuego, Natacha!

—¡¿Y el viento qué es, mijita, eh?! ¡¿A ver!? ¿¡Qué es, eh!? ¿Tierra?

—¡Cuando se mueve el aire! ¡¿Crees que no sé nada?!

—Pero, Pati no digas esas cosas, porque nosotras estudiamos juntas, y si empiezas a decir esas tarugadas, después yo voy a salir diciendo cualquier cosa también y va a ser por culpa tuya que se me pegó. No seas egoísta. Piensa un poco en los demás.

—¿¡Y qué vas a decir, Natacha!?

—Y como que el fuego no se quema... o que el agua no se moja, eres capaz de decir.

—(*Uy*) Nati, por supuesto que el agua no se moja.

—¡Ay, Pati! ¡Te llevaron los marcianos! ¡¿Qué te pasa, por favor!? ¿Qué quieres? ¿Que estudie con el Rafles?

—Óyeme...

—... vas a tronar y yo voy a seguir progresando y me voy a quedar sola por tu culpa, güey.

—¿Me quieres escuchar, Natacha? Es lo mismo que el fuego.

—(*Desesperación, se agarra la cabeza*) ¡Pati! ¡El agua es lo contrario del fuego! ¡Lo contrario!

—¡Como ejemplo, te digo, babas!

—Yo también, Pati: el agua es el ejemplo contrario del fuego.

—Lo que quiero decir es que el agua no se moja, sino que "ella" moja a las cosas, así como el fuego no se quema, sino que es el que quema, ¿no entiendes?

—Ay, sí. ¿Y el agua va a mojar sin mojarse?

—¡…!

—¿No ves que no puede ser? ¡El agua va a ser húmeda para todas las cosas, pero para ella misma va a ser seca, Pati? O es mojada para todos, o es seca para todos.

—(*Duda, piensa, duda*) No, el agua no es seca.

—Claro, Pati, porque si no, existiría el agua en polvo, como la leche, y se venderían latas de agua en polvo, así, para el desierto o una misión espacial.

—(*A regañadientes*) Bueno, sí, ya sé que no hay agua en polvo… Pero el fuego no se quema.

—¡Chale, mana! ¡Sigues con eso!

—¡Y bueno, Natacha, tú siempre quieres tener la razón! ¡Una tú y una yo! ¡Si no es trampa! ¡Elige una! ¡No te pases!

—Órale. Yo tengo razón en la del agua.

—Sale, y yo en la del fuego. Listo.

—Bueno, listo (*suspiro de alivio*). Ay, te juro, Pati, que por un momento me diste un susto que me vi sola en la escuela porque te metían en un manicomio, por lo menos (*la abraza*).

—Ay, cómo eres exagerada. Además era una discusión de lo que vimos en ciencias naturales, nos mandarían a un laboratorio en todo caso (*caminan abrazadas*).

—No, pero a mí no me gusta investigar en un laboratorio.

—No, a mí tampoco.

—Bueno, amigui, entonces no andes diciendo esas cosas, porque te encierran de investigadora y después quién te saca (*abrazada*).

—Bueno, niña (*abrazada*).

—No, bueno, tú, niña (*abrazada*).

—Bueno, ya sé (*abrazada*).

—Bueno, entonces no digas (*abrazada*).

Los niños también usan

—¡Mamá! ¡Mira! ¡Me compré una moneda!

—¡¿Cómo que te "compraste" una moneda?!

—Está de pelos, mami, mira.

—Nati, ¿es de otro país?

—No, mami. ¡Se te ocurre cada cosa! Ja ja ja, es lana de aquí. ¿Para qué quiero de otro país? ¡Qué! ¿¡Nos vamos de viaje!?

—No. A ver, muéstramela.

—Mira, es una de diez centavos… Son retedifíciles de conseguir.

—¿Y quién dijo que son difíciles de conseguir?

—La chava que me la vendió, mami. ¿¡Pos quién más!? Ay, a veces no das una.

—¿Y se puede saber en cuánto te la vendió?

—¡En un peso, ma! ¡Bien baras!

—Nati, una moneda de diez centavos vale diez centavos.

—No, porque si no se consigue cuesta más conseguirla, y si cuesta más: vale más. Hay que pagarla más, si no cualquiera tendría.

—Nati, mañana vas, se la regresas y le dices que no se pase de lista y te devuelva tu dinero.

—¡¿Por qué?! ¡Ma, no seas así! ¿Sabes lo que me costó convencerla porque no me la quería vender?

—¡Ya me puedo imaginar! Nati, se hizo la artista, pero te engañó.

—¡Para nada, mami! ¿Sabes cuál es? La que bailó rechido en el festival pasado. Una de sexto.

—Nati, pero…

—¿No te acuerdas que bailó precioso?

—Sí, Nati, pero ¿qué tiene que ver que haya bailado lindo con…?

—¡Mamá! ¿No te acuerdas cómo le aplaudía la gente? ¡Hasta tú te pusiste de pie!

—Sí, mi amor, pero ¿qué tiene que ver eso con que te vendió algo que no está bien?

—¿A poco es una moneda falsa?

—Nati, nadie falsificaría una moneda de diez centavos.

—Ah, entonces está bien.

—No está bien, Nati; me parece que se te confundió lo que la admiras con creerle todo.

—Nada que ver. No entendí, pero nada que ver.

—Que a ti te gustaría bailar como ella, y tal vez eso influyó en que aceptaras comprarle esa moneda.

—No, porque yo la quería para hacerle un arete a Rafles, y las monedas más grandes no sirven.

—¿¿¿¡¡¡Cómo que "un arete"!!!???

—No, porque, ¿ves que las personas usan aretes? Bueno, no es que el Rafles sea envidioso, pero qué mejor si él sabe que también puede usar, entonces yo pensé en uno así bien raro, como los que vimos en la feria de artesanías, ¿te acuerdas?

—Nati, ¿no estarás pensando perforarle una oreja al perro, no?

—Ay, mami, ¿tons cómo va a llevar el arete? ¿Agarrado con la boca? ¡Pobre Rafles!

—¡"Pobre" porque lo harías sufrir!

—No, ma, porque lo vamos a llevar al veterinario para que se lo ponga. ¡No seas! Y Pati y yo ya dijimos que la vamos a pulir para que parezca más de pirata. La moneda.

—Ni creas que voy a dejar que le hagas eso al perro.

—¡No le digas "al perro" a Rafles, mami!

—No me cambies la conversación. No se lo vas a hacer.

—Sí se lo vamos a hacer, para que quede bien galán y las perras se vuelvan locas. Vas a ver.

—Olvídalo, Nati (*alejándose, da por terminado el tema*).

—(*Levanta los hombros*) Y si no, se lo atamos y ya.

—(*Silencio desde el estudio, concentrada en otro asunto*) …

—Rafles, tú no te agüites ahora que ya te ilusionaste. ¿Ves que yo también tengo, y Pati? No duele, nada, nada, y queda precioso, y los niños también pueden usar. Antes en la antigüedad no, o bueno sí, pero más más en la antigüedad sí, pero después menos en la antigüedad ya no, pero ahora sí de nuevo; por eso: no te preocupes.

Contrensada

—Ma, cuando el Rafles se para en dos patas, ¿es bípedo?

—No (*madre concentrada*).

—Mmmmm... (*lee el cuaderno, muerde el lápiz*).

—... (*concentrada en su trabajo*).

—La mamá del Rafles no era ovípara, ¿verdad?

—No (*concentración*) ...

—Porque yo no vi cuando nació...

—(*Madre concentrada*) ...

—(*Al perro*) Te imaginas que tu mamá era una pata, Raflicitos lindo. ¿Te gustaría tener hijitos patitos a ti también? (*le rasca la panza*)... Si serás tranza, Rafles, ¿eh?; tendrías que aprender a peinarme, por lo menos.

—Nati, ¿terminaste la tarea? ¿Quieres que la repasemos?

—No, aguántame (*regresa a la silla*).

—... (*Madre vuelve a concentrarse*).

—Oyes, mami, ¡qué tramposos!

—… (*Adiós concentración*).

—… "mamíferos" viene de "mamá", ¿y por qué hay "mamíferos" y no hay "papíferos"?

—… (*Concentración, concentración*).

—Porque así tooodo el trabajo va a las mujeres. Se pasan, ¿no, mami?

—(*Concentración, concentración, concentración, con…*).

—Mami, ¿hay mamíferos que sean bípedos?

—Sí: papi (*concentrada en la pantalla*).

—¡Mami, no seas!

—(*Concentrada en la tanpalla*) Nati, todos los humanos somos mamíferos.

—Pero no toda la vida, ¿no?

—(*Contrensada el na panlalla*) …

—¿Yo hasta qué edad fui mamífera, mami?

—(*Crontrsndada llapan ttttal…*) Nati, mi amor, termina la tarea y luego la repasamos.

—Ya, mami.

—(*Concentrada en la pantalla*) …

—Mmmmmm… (*lee el cuaderno, muerde el lápiz*).

—… (*Concentrada en la pantalla*).

—Mmmnnnn…

—(*¡Clunk!*) Nati, ¿puedes terminar la tarea sin hacer ruido?

—Sí, ma. Me gusta hacer así porque es como si el cerebro trabajara más.

—En silencio, Nati (*concentrada en la pantalla*).

—(*Lee el cuaderno, acaricia a Rafles*) …

—… (*Concentrada en la pantalla*).

—¿Hay trípedos?… No, ¿no?

—(*Contrensada en la panpalla*) …

—Mami, mira lo que puso Pati: "Los omnívoros viven en plaga".

—(*¡Crash!*) Nati, vida: haz la tarea, no le hables a Rafles, no hagas ruidos, no me leas las anotaciones del cuaderno, déjame terminar este trabajo… ¿sí?

—Sí, ma.

—… y enseguida repasamos todo, ¿de acuerdo?

—Sí, ma, tú no te preocupes. ¿Quieres que te ayude?

—No, mi amor, gracias, me falta muy poco.

—Sí, trabaja tranquila.

—(*Regresa a la computadora*) …

—¿Quieres un cafecito, mami? Para que te ayude a concentrarte.

—No, Nati, gracias; acabo y estoy contigo.

—Bueno, si se te antoja algo, nomás dime.

—(*Concentrada en la pantalla*) …

—(*Lee el cuaderno, acaricia a Rafles*) …

—(*Concentrada en la pantalla*) …

—Rafles, mira lo que puso Pati: "En el cementerio no hay vivíparos".

—(*Contrensada en la pantalla*) …

—(*Lee el cuaderno, acaricia a Rafles*) …

—(*Concentrada en la pantalla*) …

—Rafles, ¿sabías que eres carnívoro?

—(*Troncensada pen la nanpalla*) …

—Por eso corretas gatos.

—(*Rontrensada pen la fanfalla*) …

—Si los gatos fueran invertebrados no los corretearías tanto.

—(*Fonfresnsada guefanpalla*) …

—¡Ay, mira, Rafles! ¡Tienes una pulguita! ¡Una ovípara solita!

—(*Se agarra la cabeza*) …

Estrategia

Natacha va rumbo a la escuela, de la mano de su papá.

—Nati, mami me contó que quieren ponerle aretes al Rafles, ¿es en serio?

—Lo que pasa, pa, es que tenemos que ver bien, porque Pati y yo ya vimos que el Rafles no se deja.

—Pero, ¡¡y cómo se va a dejar!?

—Porque no se los hicimos cuando nació, como hicieron ustedes conmigo; porque cuando eres bebé que recién naciste, ni entiendes nada entonces no te duele, pero Rafles ya tiene como veinte años porque se le multiplican por... ¿por cuántos años era que se multiplicaba, papi?

—Como por cinco; pero, mira: la sensibilidad al dolor no tiene nada que ver con entender. Entiendas o no qué te lastima: te duele.

—¡Ay, para nada! Porque si no entiendes ni lo pelas y listo.

—Nati, si no entiendes es peor, porque no sabes cuál es la causa, y eso agrega sufrimiento; cuando uno la identifica es un alivio.

—Nosotras le mostramos el arete a Rafles, así él ve la causa y no se le agrega el otro sufrimiento que dices.

—¡Natacha, ustedes le pueden mostrar una colección de aretes, que Rafles no los va a relacionar con algo que se mete en la oreja con un pinchazo!

—¡Es que él también tiene que poner de su parte! ¡Porque cuando quiere, bien que entiende y cuando no quiere entender se hace menso y se escapa! ¡Y seguro que hizo algún desastre! ¡Después mamá me regaña a mí!

—A ver, ¿y por qué quieren ponerle aretes?

—(*Salta, contenta*) ¡Se va a ver guapísimo, papi! ¡Guapísimo! Mira, para empezar lo llevamos a que gane un concurso, ¿no?

—Nati, Rafles no tiene raza, lo hicieron en una licuadora.

—¡¿En serio?!

—Es una manera de decir, chiquita. A esos concursos van perros de raza, y Rafles es de raza ignota.

—¡Ahistá, tons tiene!

—"Ignota" quiere decir "desconocida". Olvídate del concurso.

—Pero podemos inventar uno nosotras. ¡Ya sé! Papi, ¿nos echas una mano para hacer una página web? Mira, Pati y yo ya habíamos dicho, y ahí promocionamos el concurso.

—Termina de contarme lo de los aretes.

—No, y bueno, lo que pasa es que en la escuela vimos eso de las estrategias de los animales para conquistar pareja; y Pati y yo ya hablamos que miramos al Rafles, ¡y es más bruto! No debe tener estrategia para nada y se va a quedar soltero, y eso es feo de ruco, pobre.

—¿De qué animales les enseñaron?

—Vimos el burro, que le da patadas a la burra cuando le gusta, ¡y eso es repasado! Y hay uno que es como un ratón grande que cuando encuentra una que le gusta: ¡se le pone a saltar como loco y le tira chorritos de pipí, pa! Es regrosero, eso, y el Rafles es más bruto que seguro los agarra de ejemplo y patea una perra o le echa pipí y no lo va a querer nadie, ¿entiendes?

—Nati, son instintos de diferentes razas. Los perros no copian los instintos de los leones, ni las ballenas los de las cebras, cada uno tiene su patrón de conducta.

—Entonces a Pati y a mí se nos ocurrió que, si le ponemos arete, las perras lo van a ver guapo y se van a acercar; así él tiene que hacer lo menos posible y no mete la pata.

—A ver si entiendo: ¿ustedes lo que quieren es que Rafles tenga novia y sea papá de perritos?

—Sí.

—Bien. No hace falta que le pongan aretes.

—Papá, tú tienes menos estrategia para ligar que el Rafles (*se siente sola frente a un problema*).

—Y, sin embargo, encontré a mamá, ¿no?

—¡Sí cierto! ¿Cómo le hiciste, papi?

—(*Piensa, sonríe*) La pateé y le tiré chorritos de pipí.

—¡¡¡Papáááááááááááááá!!!

Risas. Risas. Risas.

Algo así

Natacha y su madre están viendo la tele, hacen zapping. En uno de los canales pasan un oficio religioso. Natacha mira atenta, se queda pensativa y luego pregunta:

—Mamá, "Amén" es algo así como "Enter", ¿no?

—(*Socorro*) …

Autobiografía de otra persona

La maestra de Español pide que escriban una anécdota personal pero narrada como si le hubiera ocurrido a otra persona.

Había una vez una hermosa niña llamada Carolina que era muy buena y sin ser culpa suya una vez su mamá le dio una moneda para jugar mientras estaba en la cuna sin hacer nada (la hermosa niña) porque su mamá quería prepararle una comida de sorpresa a su papá (al de la hermosa niña) que cumplía años (el papá). Carolina veía a su mamá pero ella estaba tan ocupada preparando la cena que entonces sonó el teléfono y era una de esas amigas que hablan cuatro horas, entonces cuando colgó la mamá miró la cuna y estaba la niña seria sin la moneda por ningún lado. ¿Dónde la tiraste, Carolina preciosa? ¿Se la diste al Rafles? Pero la hermosa niña, al ser bebé, no contestaba. ¡Pero igual la mamá entendió que se la había tragado! Corrió desesperada al hospital pero al auto se le descompuso el motor con el tránsito parado en mitad de una avenida. La madre asustada y la hermosa criatura con la moneda adentro tomaron un taxi sin avisarle al padre, porque la madre no encontraba otra moneda. Nadie del tránsito se quejó porque entendieron la gravedad. El chofer manejaba lentísimo y tres horas después llegaron al hospital muy angustiadas inútilmente pues el médico de guardia la tranquilizó riéndose: ¡No pasaba nada pues la haría popó! Y le hizo el chiste de que, entonces, iba a poder llamar al papá, pero la mamá no estaba para bromas igual se rió pues era muy educada de joven.

La mamá regresó a su hogar muerta de vergüenza: cómo le contaría al papá y primero pensó que mejor no le decía nada para no preocuparlo, pero después se le ocurrió que si hacía popó con él (Carolina), o si él le cambiaba los pañales se iba asustar con la moneda podía creer que la hija era una alcancía o la gallina de los huevos de oro. O que iba a querer llevarla a operar para sacarle más monedas porque eran jóvenes y tenían muchas deudas, pero esto no lo pensó tanto. Igual decidió que mejor le decía la verdad e inventó que la hermosa Carolina fue gateando y agarró una moneda del piso por traviesa.

Con todo este lío la mamá no pudo terminar la comida y fueron a cenar los tres a un restauran-

te fino de lo más elegante. Sin embargo Carolina se sentía mal por otras razones y le dolía la panza. Sus padres pensaron que lloraba pues le saldrían los dientes y se pusieron más contentos para brindar también por eso. Pero a Carolina le dolía la panza porque tenía ganas de vomitar. Y ocurrió que cerca de su mesa venía un mesero que llevaba un plato de espagueti con salsa, la bella Carolina vomitó y el pobre mesero se cayó de espaldas ¡¡¡con TODO el plato de espagueti en la cabeza!!!

Igual la gente no hacía más que decir: "Pobre bebé" porque era muy hermosa y tierna y buena también y de grande tendría muchos amigos, como por ejemplo Pati y un perro muy amiguero que se llamaría Rafles, por ejemplo. Ah, y al auto regresaron a buscarlo antes en medio del tráfico y anduvo de lo más bien. ¡Qué listo!

Firma: Natacha (Carolina)

La relatividad

—(*Hacia la cocina*) ¡Mamá, ¿te acuerdas de que cuando yo era chiquita creía que las cosas se achicaban?!

—¿Qué? (*desde la cocina*).

—Pati, cuando yo era chiquita…

—¿Ya hablabas?

—Sí, bueno, cuando era bien chiq…

—¿Pero hablabas bien?

—¡Pati! ¡¿Qué importa cómo hablaba?!

—¡Es para entender la anécdota, niña!

—¡Para entenderla deja que la cuente!

—(*En la cocina la madre piensa: intervengo, no intervengo, intervengo, no intervengo…*).

—¡No te interrumpo, Natacha! ¡Pregunto si ya hablabas!

—¡¿Qué te importa si ya hablaba, si ahora hablo y me interrumpes?!

—Cállate, mensa; no te interrumpo.

—Sí me interrumpes, tonta; y cállate tú.

—Ay, Nati, si me invitas a tu casa para tenerme callada, ni me invites.

—Bueno, escucha.

—Uf, ándale, niña.

—Bueno, resulta que cuando yo era chiquita… ya hablaba, eh…

—(*Pero ¿bien?*) Ahá …

—… bueno, y cuando era chiquita, por ejemplo yo veía un avión que se alejaba y se hacía chiquito, chiquito, y entonces le preguntaba a mi mamá: "¡¡Ay, mami, y ahora?!" Ja ja ja. ¡Qué loca! ¿No, Pati?

—¡…! No entendí nada, Natacha.

—Como veía que el avión se achicaba pensaba que la gente se iba a aplastar toda…

—¡Ay, ya, ahora entendí! (*risas*).

—(*Risas*) ¿Entiendes? Entonces le preguntaba a mi mamá cómo le hacía la gente, cuando desaparecía, porque el avión ya estaba tan lejos que no se veía (*hacia la cocina*). ¿Nocierto, má?

—(*Madre desde la cocina*) Sí (*no intervengo*).

—Claro, y creía que la gente tenía que achicarse como el avión.

—¡…! El avión no se achica, Nati.

—El avión sí, pero la gente no, Pati.

—Nati, ¿cómo se va a achicar el avión y la gente no?

—Por la relatividad, Pati, ¿qué no sabes?

—¿Qué "relatividad"?

—Y, eso, que tú ves que el avión se achica pero la gente adentro sigue igual por la relatividad.

—Nati, el avión "parece" que se achica.

—Güey, ya sé que "parece", pero para nosotros se achica de verdad sin que la gente tenga que aplastarse por la relatividad, Pati.

—No es la relatividad, Nati, es la perspectiva.

—¡Ay, Pati! Ja ja ja ¡Para nada! La perspectiva es cuando dibujas.

—¡Y cuando miras también, Nati!

—¡No, burra, cuando miras es la relatividad!

—Nati, ¿no sabes que los cuadros tienen que tener perspectiva?, si no parecen chatos porque de lejos se ve chiquito.

—Ya te hiciste bolas, Pati, si está quieto es la perspectiva, pero si se mueve es la relatividad.

—Tú te hiciste bolas, babas; crees que las personas se achican de verdad.

—¡No, si el avión se va a achicar pero a las personas las vamos a seguir viendo grandes, Pati!

—¡Pero qué terca que eres! ¡"A ti" te parece que las personas se achican, pero a ellas les parece que eres tú la que se achica, mensa!

—¡Y bueno, Pati! ¡Ésa es la relatividad, niña! ¡No la perspectiva!

—¡¿Y por qué no va a ser la perspectiva?!

—¡Porque los cuadros no pueden mirar, por eso! ¡¿Entiendes?!

—(*Madre desde la cocina: socorro*) …

¿Cómo le hacían ustedes?

—Mamá, ¿ustedes cómo le hacían, así, cuando yo no había nacido?

—¿Cómo?

—Sí, me refiero, así…

—"Así" qué, Natacha; explícate.

—Porque ahora ustedes hablan conmigo, me revisan la tarea, ¿no?

—Ahá…

—O por ejemplo, cuando yo no estoy, te juntas con papi y hablan de mí, ¿no?

—Eh… sem.

—O salen juntos y me van a comprar cosas, o eligen una película para que vayamos a verla, o checan en el periódico si hay una obra de teatro que me guste, o lo llevas para mostrarle un vestidito que me quieres regalar, o planean mi fiesta de cumpleaños, ¿no?

—Eeh… sí… también, sí.

—Por eso, ¿y antes cómo le hacían? Cuando eran novios, me refiero, se juntaban y charlaban sobre cómo iba a ser yo o a qué escuela iba a ir, ¿así?

—Nati, mi amor, cuando papi y yo éramos novios hacíamos las cosas que hacen los novios…

—… y hablaban de mí.

—No, chiquita, salíamos a pasear, íbamos al cine. Éramos estudiantes, con muy poco dinero, igual y recorríamos media ciudad, arreglando el mundo…

(*Natacha asiente con la cabeza y se señala a sí misma*) …

—… muy románticos, caminábamos mucho, tomados de la mano (*mirada perdida, emocionada por sus recuerdos*) …

—(*Natacha asiente y de nuevo se señala a sí misma*) …

—… después terminábamos en un bar en el que nos dejaban jugar a algún juego de mesa y nos quedábamos hasta tardísimo (*mirada perdida*). ¡Una vez hasta los ayudamos a levantar las sillas porque ya cerraban! Jugábamos y hablábamos tanto…

—(*Natacha asiente, se señala a sí misma*) …

—Pero, ¿qué te pasa que estás dale y dale señalándote?

—(*Natacha asiente, se señala a sí misma*) ¿De mí? ¿Hablaban de mí?

—No, Natacha, apenas nos conocíamos; no hablábamos de hijos todavía.

—¡Yo no soy hablar de hijos, mami! ¡Los niños somos personas también, no seas!

—¡¿Y quién discute eso?! Lo que quiero decirte es que éramos muy noviecitos y hablábamos de amor y...

—¡Ah! ¡¿Y yo qué soy?! ¿Eh? (*labios temblando*).

—¿Te digo qué eres en este preciso momento? ¡Una lata, Natacha!

—¡NOMEDIGASASÍERESUNAMALA! (*ojos húmedos*).

—Nati, mi amor, pero cómo te vas a poner así porque papi...

—(*Ojos muy húmedos*) Porque papi y tú se iban por ahí y me dejaban sola (casi llanto). Bueno, no me dejaban sola, porque yo no había nacido, pero es lo mismo (*snif snif*) porque nada más hablaban entre ustedes...

—Pero, Nati, tú todavía no existías y...

—(*Snif snif*) ... en cambio yo pienso un montón en ustedes o cuando hablo con Pati le digo algo de ti y de papi (*snif snif*) y ella me cuenta de su mamá y platicamos. ¡Hasta con el Rafles hablo de ustedes!

—Nati, ¿no estás exagerando?

—¡Buaaaaahhh! ¡No! (*llanto llanto*).

—A ver, Nati, cuando uno recién se conoce con alguien no habla de hijos en la primera cita. Ése es un amor inicial, no un amor maduro. Los hijos son planes que…

—¡No somos planes!

—(*Qué día, por favor*) Quiero decir que los hijos son decisiones muy importantes, no para tomar con el primero que se cruza.

—¿Pero tú no me imaginabas así como soy?

—¿Cuando conocí a papá, preguntas?

—Cuando querías ser mamá, ¡¿en quién pensabas!? ¡¿En Pati o en mí!? Qué tal si pensabas en Pati y te nací yo.

—Pensaba en Rafles.

—¡Mami! No empieces.

—Es que mira las preguntas que haces.

—Porque me preocupo por ustedes si se aburrían sin mí.

—(*Risa se aguanta sonrisa*) Y, digamos que la vida era "un poquito" más tranquila.

—Bueno, mami, yo no podía hacer nada todavía… así de ayudarlos.

—No, claro… gracias, Nati; pero tampoco es que tienes que ayud…

—Porque así será más relajo, pero también es más divertido.

—Claro, mi amor (*abraza*).

—Porque a lo mejor pasan cosas que se rompe algo…

—¡…!

—… pero después uno se acuerda y se ríe, porque no era tan importante…

—¡¡¡…!!!

—… como cuando no estaba el Rafles, que era más aburrido todo. A eso me refiero.

—Natacha, ¿qué pasó?

—¿De qué?

—Dime qué pasó.

—¿Dónde, mami?

—¿Qué se rompió? (*seria*).

—¡Ay, nada, mami! ¡No seas escandalosa!

—Natacha, ¿qué hizo Rafles?

—Si ya lo arreglé.

—¡Natacha!

—¡No seas nerviosa, mami! Nada… jugó con una de las plantas y yo le había dicho que ahí no, pero él a veces es un terco y jugó igual y la sacó un poquito.

—¿Cómo "un poquito"?

—Así, la separó un poco.

—¿Cómo "la separó"?

—La cortó por la mitad… pero en una parte nomás, y ya la arreglé.

—(*Fastidio, se agarra la cabeza*) …

—Porque primero quise pegarla, pero por más que la detuve la planta se demoraba un montón y no se pegaba, entonces Pati me ayudó y aprovechamos que el Rafles por suerte ya había escarbado en la misma maceta y volvimos a plantar las dos partes, ¡y ahora vas a tener dos plantas de esa que te gusta mucho! ¡¡No está padrísimo, mami!?

—(*Uno, dos, tres, cuatro…*).

Alt F12

Natacha y Pati navegan en Internet, lo hacen mediante la única conexión telefónica de la casa.

—Espera, Pati, creo que es este botón.

—No, Natacha, ése cierra la ventana.

—¡Ah, no! ¡Ya sé! Es *Alt F4*, creo que me dijo mi papá una vez.

—Mejor no toques tanto el teclado.

—¡Niña, ¿qué quieres, que escriba soplando?! ¡Además no pasa nad…! ¡Uy! Se apagó la pantalla… ¿Tú tocaste algo, Pati?

—¿¡Qué te pasa, niña!? Si ni moví un dedo. Ahí viene de nuevo, era que se reinició.

—¿Tons no era *Alt F4*?

—*(Desde la sala)* Niñas, en un ratito tengo que hacer una llamada.

—¡Qué lenta es esta máquina, Natacha!

—¿A ver si le doy al *Enter*?

—*(Desde la sala, nuevamente)* Nati, ¿me oíste?

—¡Sí, mami! ¡Espérate porque es para la escuela!

—No, Nati, creo que es *Escape* que hay que apretar.

—¿A ver? ¡Ay, no, Pati! ¡Salieron estas letras! ¿Y ahora cuál tocamos?

—No, mejor ninguna, Nati, a ver ¿qué dice? *Config system Alt F12*... ¿Qué quiere decir eso, Pati?

—Y debe ser todo así, que, por ejemplo, así, cuando se reinicia.

—No, niña, porque ahora se quedó ahí, está esperando.

—(*Desde la sala*) Niñas, ¿falta mucho?

—¡Uy! Eh... ¡No, mami! ¡Un segundito!

—Si no podemos hacer nada, Natacha.

—Ya sé, niña, pero no le podemos devolver la computadora sin funcionar... Debe ser que hay que apretar *Alt F12* para seguir.

—Yo digo que mejor *Escape*...

—¡Pati! ¡No muelas más con apretar *Escape*! ¡Después te regalo la tecla!

—¡Si es la que más conviene, tú, cuando no quieres que pase nada!

—Pero acá queremos que arranque, no que no pase nada.

—Yo apretaría *Escape*.

—(*Desde la sala*) Niñas, ¿siguen conectadas?

—(*Susurro*) Qué sé yo, ¿Estamos conectadas todavía, Pati?

—(*Susurro*) Ni idea, mana, dile que sí.

—(*A la sala*) ¡No, mami! Usa el teléfono.

—(*Susurro*) ¡No, mensa! ¡Yo te decía que le dijeras que sí estamos conectadas!

—(*Susurro*) ¡Pati! ¡Tarada! ¿¡Y por qué no hablas bien!? Espera (*va hasta la puerta*). A ver si puede hablar.

—(*Susurro*) ¿… Y? ¿Puede?

—Sí, ya la oí. Bueno, yo le doy a *Alt F12*.

—¡¡¡No!!!

—¡Chin! ¡Otra pantalla azul!

—(*Desde la sala*) Niñas, apúrense que voy a necesitar la compu.

—¡Te dije, Natacha!

—¡Pati tenemos que arreglarla antes de que la vea mi mamá! Leamos todo lo que dice.

—¡Si no se entiende nada!

—Algunas sí, Pati, leamos ésas.

—(*Ojos entrecerrados*) *Sub… alt… menu… control… una flechita…*

—(*Ojos entrecerrados*) Mira, aquí dice tu favorita: *Escape… Date… Hard disk… Floppy…* ¡Ay, Pati! ¡No da ni una pista de qué hay que hacer!

—A lo mejor está en clave para que no toquen los niños, ¿viste que a veces ponen cosas en clave por eso?

—¿Y cómo sabe que somos niñas?

—No sabe, Natacha; pero esto lo lee un adulto y seguro que entiende.

—Yo digo que la apaguemos.

—Pero si tu mamá la tiene que usar.

—Pero así no la va a poder usar. Mira, es este botón. Ya está.

—Pero, ¿cómo sabes si la apagaste o la rompiste?

—Tú no te preocupes. ¡Ma, ya te la apagamos!

—(*Se acerca desde la sala*) ¡No, Nati! ¿Por qué la apagaste?

—Así se te enfriaba, mami, y trabaja más rápido después.

—(*Llega la madre, se sienta frente a la computadora*) A ver, Nati, ahora la tengo que encender.

—Así arranca más fresca, vas a ver (*mira a Pati y levanta las cejas*).

—(*Silencio ve luz en la pantalla*) …

—(*Pati le hace cara de pánico a Natacha*) …

—(*Luz de la pantalla desaparece*) …

—(*Natacha mira a Pati y se muerde los labios, junta las manos en rezo*) …

—¿Qué pasa que están tan calladas, ustedes?

—Ay, mami, es para no molestarte mientras trabajas.

—Mmm… sem… te creo… ¿Pasó algo? ¿Se pelearon?

—¡Noooooo! ¡Para nada! (*las dos al mismo tiempo*).

—(*Pantalla en azul de programa de inicio*) ...

—(*Natacha y Pati se miran angustiadas, se dan la mano por detrás de la madre*) ...

—(*En la pantalla aparecen los programas de siempre, la máquina termina de reiniciar normalmente*) ...

—¡Bravo! ¡Bien! (*las dos, saltos y gritos*).

—¡Chavas! ¿¡Qué les pasa!?

—¡No, nada, mami! ¡Que así puedes empezar a trabajar! ¡Vente, Pati!

—(*Se alejan*) Tenías razón, Natacha. ¡La arreglaste!

—Escúchame, Pati, es refácil esto. ¿Y si ponemos un negocio de arreglar computadoras?

—¡Padrísimo, Nati! ¡Eso se cobra retecaro!

—¡Hagamos el cartel de propaganda! Ya sé cómo se va a llamar el negocio: "La gran solución".

—¡Qué chido! Pongámosle: "Se arreglan computadoras de todos los precios".

—Yo una vez vi un cartel en la carretera que decía... ¿Cómo era que decía?

—¿Un cartel de qué?

—Uno que estaba bueno de propagand... ¡Ya me acordé! "Ningún problema es chico para nosotros."

—¡Ay! ¡Está genial!

Dos preguntitas

Natacha y su papá caminan de la mano, rápida-mente pues llegan tarde a la escuela.

—Oye, pa, te quiero hacer una pregunta.

—Mejor no.

—¿¡Por qué, pa!?

—Porque cada vez que empiezas así hay que agarrarse la cabeza.

—Bueno, oye, quiero hacerte una pregunta.

—Tú hazla y después vemos.

—¡Papá, no seas así! ¡Me vas a chivear!

—No creo. Y no vayas más despacio que no llegamos.

—Es que te estoy hablando, pa; si me descon-centro no te puedo hacer la pregunta.

—Bueno, no te desconcentres y camina rápi-do.

—¡Espera un minuto! ¡Así rápido me descon-centro y no puedo hacértela!

—Me la haces mañana, ándale.

—¡Uf! Bueno, igual te la hago, pero si me sale desconcentrada es tu culpa, además son dos preguntas. Bueno, la primera es: ¿cuántas santas hay?

—¡...! (¡*No te digo*!) ¿Cuántos "santos", Nati?

—No, pa, "santas", ¿ves que si caminamos rápido te desconcentras?

—(*Ganar tiempo*) ¿Puedo saber a qué viene esa inquietud?

—No, primero respóndeme y después te digo.

—No, primero dime y después te respondo.

—No, primero tú.

—Yo pedí primero.

—¡Papi! ¡No seas infantil!

—¡Natacha, no sé, no tengo idea de cuántas santas hay!

—¡Ah, ¿ves que tú querías que yo diga primero y tú ni sabías?! ¡Eres un tramposo!

—Bueno, da lo mismo, no sé.

—¿Quieres que paremos un poco y así piensas? Porque a lo mejor si paramos se te llena de más sangre la cabeza y te acuerdas, porque ahora uno la usa más en los pies.

—No es así, Nati; pero ¿por qué quieres saber eso?

—No, porque por ejemplo Pati dice que hay un san Patricio... y una santa Patricia, y ella es

"Pati", o sea que es como si hubiera una "santa Pati", porque es lo mismo.

—Ahá…

—Pero "Natacha" no hay, papi. No hay ni una "Natacha" que haya sido santa y…

—Mirá tú lo que son las cosas, ¿no? (*irónico*).

—… escúchame, y no puede ser, porque tendría que haber una "santa Natacha".

—¿Por qué?

—Porque si no, no se vale, qué tramposa, Pati; a ella porque le eligieron un nombre que ya estaba muy usado; en cambio a ustedes les gustó el mío, ¿no?

—Nati, tu nombre ya existía antes, y nos gustó "para" ti.

—Bueno, y por eso no hay "santa Natacha".

—Hay "santa Paciencia", Nati; la que hay que tener cuando te vienen estas ideas.

—¿Existe ésa?

—No, pero debería.

—¿Mamá y tú no podrían averiguar si hay una santa mía?

—Nati, no juegues… y camina que no llegamos.

—Ay, papi, ¡tú y mamá son más nerviosos a veces! Di que yo los ayudo porque medio me educo sola, ¿no?…

—(*Uno, dos, tres…*) Claro, gracias, Nati.

—… porque ustedes, a veces, no tienen todo el tiempo para educarme. Porque antes, cuando no sabía leer o no caminaba solita o me daba miedo de noche ustedes tenían que educarme más tiempo… (*camina dando saltos con un pie*).

—Ahá…

—… pero ahora, que me hago un té o sé prender la tele sola o hablo con el Rafles… (*camina rápido, pero salta en un pie mientras se mete un dedo en un zapato*).

—Ahá… (*mira los saltos extraños*).

—… o viene Pati y nos quedamos cotorreando, yo los ayudo y me educo más sola, ¿no? (*camina agachada con la mano metida en ese zapato*).

—Nati, ¿me quieres volver loco? ¡¿Qué haces?!

—¡Espera, papi, no seas impaciente que se me metió una piedrita y no la encuentro!

—A ver, dame el zapato (*se agacha*).

—Cuidado con éste, que la hebillita si la jalas fuerte …

—… (*Jala apurado*).

—… se romp… ¡Te dije!

—… (*Padre agachado, hebilla en la mano, junta paciencia*).

—¡Te dije que se rompía! Ahora es un relajo.

—Dame el pie, que llegamos tarde (*malhumo-rado*).

—Yo lo hago, porque ni mami sabe (se aga-cha).

—A-pú-ra-te, por favor.

—Espera, que tengo que buscar la piedrita…

—Nati, ponte el zapato y vamos.

—Es que si no la encuentro que se haya salido me va a seguir molestando.

—Toma tu zapato con la mano y súbete a mis hombros (*muy apurado*).

—¡Padrísimo, papi! (*se sube*).

—… (*Se incorpora con Natacha en hombros, retoma el paso rápido*).

—Papi, está chidísimo que vayas rápido, cómo se ve desde acá.

—Te pones el zapato en cuanto llegues, Nati.

—¿Ves lo que te decía? Ahora que tú me llevas me vuelve más sangre a la cabeza y me acordé de la otra pregunta.

—Ahora no hay tiempo, mi amor, esta noche en casa me la haces.

—Escucha, papi, ¿quién eligió a Dios para ser Dios?

La hermana república

Luego de una semana de mucho trabajo, la mamá de Natacha está muy contenta al disponer de un rato largo y sin interrupciones con Natacha, que regresa de la escuela.

—Mamá, ¡no sabes qué canción más linda nos enseñaron en la escuela! (*se quita la mochila*).

—¡Qué bien, Nati! Cuéntame, ¿cómo es? (*la ayuda*).

—Porque es así, mami, resulta que dentro de dos meses viene a visitarnos un embajador (*se le atora la mochila*).

—Qué importante, ¿de qué país? (*trata de zafarla*).

—Y quieren que lo recibamos cantándole el himno de ese país, mami, así se pone contento (*hace extrañas contorsiones, pero la mochila no sale*).

—A ver, espera, mi amor (*ayuda*).

—Porque a lo mejor él también extraña, ¿no, mami? Y si entra a la escuela y, ¡sopas!, le aparecemos un grupo de niños cantándole con flores el himno de su país… (*sigue retorciéndose*).

—"Un grupo de niños con flores cantándole el himno" (*ayuda, pero no está fácil*). Qué nudo te hiciste acá, mi amor; a ver, espera, quédate quieta un minuto.

—No, mami, yo tengo que pasar el brazo por acá (*se retuerce*).

—No, lo enredas peor… Ahora, Nati, ¿los van a tener ensayando el himno dos meses? ¿Tan difícil es?

—Lo que pasa es que la directora quiere que lo cantemos de memoria.

—Pero podrían haber cantado un fragmento de memoria, o cantarlo entero pero leyendo la letra, Nati; así pierden un montón de tiempo (*logra desengancharle un brazo*).

—¡Ay, mami! Pero es una sorpresa para el embajador, lo tenemos que mirar a los ojos, dijo la miss (*logra quitársela, sacude los brazos aliviada*). ¡Qué tal si entra y estamos mirando el piso leyendo la letra!

—Me parece una pérdida de tiempo, Nati.

—¿Te lo canto, mami?

—¿Ya lo sabes? ¡Qué bien!

—Todo no; tú siéntate ahí. ¡No! ¡Ya sé! ¡Mejor entra y eres la embajadora!

—Nati, no importa (*resignada*).

—¡Ándale, ma! Tú entra por esa puerta, y yo hago de la escuela.

—¿Y de qué país soy?, así sé qué idioma tengo que hablar (*retirándose detrás de la puerta*).

—¡En el nuestro, mami! ¡¿No ves que es el himno de la hermana república?!

—¿Cuál "hermana república"?

—¡La del embajador, mami!

—Ya sé, Nati, pero qué país es (*regresa de la puerta*).

—¡Es la hermana república, mami, ya te dije! Órale.

—¡Pero "la hermana república de qué", Natacha!

—¡¡¡De nosotros, mami!!! ¡¡¡De nosotros!!!

—¡Pero… ¿"hermana República del Congo", "la hermana República de Alaska"?!

—¡Es uno solo, mami! ¡¿Como cuántos embajadores crees que van a venir?! ¡No podemos aprendernos tantos himnos, no seas! Ándale.

—¡¿No te das cuenta de que no terminas de decirme el país, Nati?!

—(*Se agarra la cabeza*) Es-la-her-ma-na-re-pú-bli-ca, mami. ¿Cómo quieres que te lo diga? Hace un mes que nos viene moliendo la maestra, ¡no voy a saber!

—(*Inútil insistir*) Bueno, después hay que preguntar porque no entendiste (regresa tras la puerta).

—Ándale, tú entra, así, caminando todo así, como un embajador.

—Una embajadora.

—No hay, mami; no seas.

—¿Cómo no va a haber? Claro que hay embajadoras mujeres.

—Ah, de pelos; entonces tú entras y yo te recibo con las flores, con el Rafles. ¡Ven, Rafles!

—Deja al perro.

—No puedo hacer de toda la escuela. ¡Hola, Raflicitos! Ayúdame que somos la escuela con visitas. Ándale, mami, entra.

—(*Embajadora entra, se sienta*) …

—¡¡¡Mami, no te sientes, eres la embajadora!!! (*agarrándose la cabeza*).

—Nati, ¿tú crees que viven de pie?

—Bueno, siéntate y… ¡Rafles, no te vayas!

—Deja tranquilo al perro (*se sienta*).

—(*Se para con un brazo al costado y otro sobre el pecho, erguida*) "Alcemos, alcemos, alcemos las… lo…" No, espérate que empiezo de nuevo (*retoma la posición*). "Alcemos, alcemos, alcemos los… las…" Aguántame, mami, no te muevas que le pregunto a Pati una cosa tantito… (*corre al teléfono, marca*).

—Nati; cántame lo que te acuerdes.

—Hola, ¿Pati? ¿Qué decía después de "Alcemos" el himno? (*oye*) No, "Patria grandiosa" es más al final (*oye*). A ver, pérame, repasemos juntas, ¡Mami, aguanta un segunditito! (*murmulla y tararea al teléfono*) ¡Ya está! ¡Gracias, Pati, bye! (*corre,*

retoma la posición) "Alcemos, alcemos, alcemos las banderas que el enemigo no supo masillar…"

—(¿¡…!?) Nati, ¿no será "No pudo mansillar"?

—No. "Y si un día con bronce a su llamado, repitiéndose el grito de valor…"

—(*Trata de entender la letra*) …

—Rafles, no te escapes. "Con campanas que se oyen por el mundo, se proclama legítimo tu amor. Y se rinden soberanos a tu paso. Y se humilla de la plebe su sangre de hiel…" Mami, ¿qué es "plebe"?

—El pueblo, la gente, cuando no se le da importancia, ¿quieres que busquemos en el diccionario?

—No (*retoma posición*). "Arrodíllese ante ti la humanidad. Y si no: más vale morir, más vale morir (*abre los brazos*), ¡más valeeee moriiiiiiir!"

—Muy linda interpretación, mi amor (*aplaude*).

—… (*Se inclina agradeciendo*) Rafles, no te escapes ahora.

—¿No quieres que repasemos la letra?, porque me sonó un poco rara al final.

—¿Te emocionaste?

—No, Nati; sólo que no creo que diga: "Más vale morir" así nomás, porque la humanidad no se arrodilla; es un poco exagerado, ¿no?

—(*Abre los brazos, gesto de "no entiendes"*) ¡Pero es un himno, mami, no es que te vas a morir de verdad!

Danza muy árabe

Pati y Natacha hacen zapping, *en uno de los canales transmiten un documental sobre la fusión de la música árabe con la andaluza.*

—¡¡¡*PératepératePatinosigas*!!!

—¡¿Qué, niña?!

—¡Mira cómo bailan, Pati! ¡Está padrísimo!

—¿Viste el elefante?

—¿Cuál, Pati?

—El camello, quise decir.

—¡Mira esas mujeres qué lindas!

—Se mueven todo así, ¿no?, con el pañuelo. Yo tengo una novia de un tío mío que aprende danza árabe.

—¡Pati! ¿Y si aprendemos nosotras también y preparamos un show? ¡Espera que traigo unos pañuelos de mi mamá! (*corre*).

—¡Nati, pero saca al Rafles porque va a molestar!

—¡No, Pati, déjalo que sea el camello aunque sea! (*desde el cuarto*).

—Pero si molesta lo hacemos sin camello (*mirando a Rafles*).

—¡Ay, Pati! Ja ja ja… mira si vamos a danzar árabe sin camello, ja ja, ¡tienes cada ocurrencia! (*regresa corriendo*).

—¡Qué lindos pañuelos, Nati! ¿Segura que tu mamá te deja?

—Si es para algo de aprender, sí, ¿viste qué finitos? ¡Rafles, no saltes!

—¡Ya empezó a molestar! Mejor sin camello, Nati.

—¡No seas egoísta, Pati! Además ni se va a saber… ¡Rafles, suelta eso!… Además ni se va a saber de dónde somos, sin camello. Ándale, ponte éstos y yo éstos.

—Yo creo que los camellos no llevan adornos. Bueno, ése tiene como un gorrito, y desde que empezó está mastique y mastique.

—Porque deben tener tres estómagos, Pati, como los rumiantes del zoológico, ¿te acuerdas? Rafles, tú tendrías que masticar también. ¡No me saltes, niño!

—(*Pañuelos en la cabeza y la cintura, otro en una mano*) Listo, Nati ¡Ay, quedaste hermosa!

—(*Pañuelos en la cabeza y la cintura, otro en una mano*) ¡Ay, y tú también, Pati! ¡No sabes! ¡Estás reteodalisca! Bueno, mira, vamos a hacer como ellas…

—Hay que poner un pie adelante. ¡Chin, ahora lo cambió!

—… (*Rafles ladra*).

—Levanta las manos… ¡Cállate, Rafles, no seas tarado! ¡Mira cómo sacuden las manos, Pati! (*balancea pie adelante*).

—Nati, ¿viste que ellas no llevan pañuelos? (*sacude las manos*).

—Pero le cuelgan todas esas telas ¡Rafles no me saltes, menso! (*pie adelante y balancea manos*).

—(*Se detiene*) ¡Rafles! ¡Si no sabes ser camello te vas!

—¡Cuando no quiere actuar es un pesado! ¡Mira, Pati, ahí muestran cómo hacen con las cinturas! (*sacude manos*).

—¡Ay, Pati, se me olvidan las manos si pienso en la cintura! (*ondula cintura*).

—Mejor yo muevo la cintura y tú haz lo de las manos.

—Pero ellas hacen todo junto (*sacude manos*).

—Pero porque no bailan en grupo, Pati, nosotras somos un grupo de baile, es distinto, ¡ay, pérate que se me olvidó el pie atrás! (*ondula cintura*).

—¡Nati! ¡Rafles quiere morderme el pañuelo!

—Porque estás irresistible, Pati (*risas*).

—(*Risas*) ¡Camello! ¡Tarado! ¡Respeta a las mujeres y lárgate!

—Ay, Pati, recansa la cintura, mejor síguele tú y yo muevo un poco las manos (*alza los brazos*).

—Sí. ¡Chin, un comercial!

—¡Uf! Bueno, aprovechemos para practicar (*levanta brazos*). Hay que darle todo vueltas así, ¿ves, Pati?

—Sí.

—Y pones el pie adelante y le haces así, hacia los costados (*manos alzadas*).

—Sí.

—Con la cintura dando vueltas, siempre, ¿entiendes?

—Nati, dejaste de mover las manos.

—Ah, sí. Bueno, y hay que hacer todo eso junto.

—Y hacer así con la cabeza.

—Sí, y haces así con la cabez…

—Nati, dejaste la pierna quieta.

—Sí, y las manos tienen que subir y…

—Nati, la cintura.

—(*Se detiene*) ¡Pati, basta! ¡Mejor aprende en vez de fijarte tanto!

—¡Pero la dejabas quieta!

—¡¿Tú crees que el público anda mirando como haces tú?!

—¡Nati, Rafles se come un pañuelo!

—… (*Rafles escapa, pañuelo en el hocico*).

—¡Rafles! ¡Pérate, niño! ¡Córrelo de allá, Pati!

—… (*Rafles, juega, escapa*).

—¡Atájalo, Nati!

—… (*Rafles juega, corre, no suelta pañuelo*).

—¡Ahí va para tu lad… ya lo agarré! (*¡crack!*) ¡Chin, se rompió el pañuelo!

—… (*Rafles se va, cola entre las patas*).

—¡Te dije, Nati! ¡Te dije que lo hiciéramos sin camellos! ¡Mira, ya está el programa!

—¡Ponte el pañuelo, Pati y haz lo que practicamos!

—(*Se coloca en posición*) ¡Ay, me encanta la danza árabe, Nati!

—¡Ay, es hermosa, además le hace retebien al cuerpo! (*manos alzadas, pie adelante, cabeza gira*).

—La cadera, Nati, no se te olvide (*ondula cintura, pie delante*).

—Ah, sí; y tú alza las manos, Pati.

—Sí. ¿Después quieres que merendemos, Nati?

—¿Quieres ahorita?

—Si quieres, vamos, ¿o terminamos la danza? (*manos no tan alzadas*).

—Como quieras, Pati, ¿quieres que merendemos? (*pie no se mueve tanto*).

—O terminamos la clase y después merendamos (*cintura ondula menos*).

—Levanta las manos, Pati.

—Sí. Es retelindo esto, ¿no?

—Sí, creo que tenemos que hacer así más con la pierna para que nos salga bien en el show.

—Pero el show que sea sin camellos, Nati (*manos alzadas, pie delante, ondula cintura*).

—(*Se detiene*) Pati, ¿no quieres que organicemos el show mientras preparamos la merienda?

—Sí, total ya practicamos un buen.

—Pos sí; y así nos sale un show bien chido. Acompáñame a la cocina.

Chat, Natacha, chat

Una editorial invita a niños de una escuela del norte del país y al grupo de Natacha a una sesión de chat con uno de sus autores: el famoso José Ramírez. Este autor acaba de publicar un libro nuevo y los niños debían leerlo para esta sesión.

<perro rabioso ingresó a la sesión> Hola, chavos, ¿somos los primeros?

<perro rabioso salió de la sesión> …

<500 patadas ingresó a la sesión> Quiuuuuuuuuuuuuhbo

<carlos y aníbal los fregones ingresó a la sesión> ¿Qué onda, chavos?, ¡bienvenidos a todos!

<las chicas perla ingresó a la sesión> Hola, amigos, nos llamamos Vanesa y Carolina y son nuestros nombres de verdad.

<los más genios del mundo ingresó a la sesión> ¡¡¡Llegaron los fregones!!!

<perro rabioso ingresó a la sesión> ¡chavos tocamos un botón sm quere

<perro rabioso salió de la sesión> …

<carlos y aníbal los fregones>: Hola, amigos, ¡bienvenidos a todos!

<José Ramírez, su amigo ingresó a la sesión> Hola, queridos niños, ya estoy aquí y es un gusto saludarlos a todos.

<luli luli luli luli ingresó a la sesión> HOLA CHICOOOOOOOOOOOS

<perro rabioso ingresó a la sesión>: hOla niñas ¿vie

<perro rabioso salió de la sesión> …

>los más genios del mundo: ¿qué tal, niñas?

>luli luli luli luli: NO SOMOS NIÑAS

>José Ramírez, su amigo: Queridos amigos, cuando quieran comenzamos.

>las chicas perla: Oigan, ¿nadie nos saluda???

>los más genios del mundo: ¡¡¡Llegaron los fregones!!!

>los más genios del mundo: ¡¡¡Llegaron los fregones!!!

>los más genios del mundo: ¡¡¡Llegaron los fregones!!!

>500 patadas: Luli es nombre de niña

>carlos y aníbal los fregones: Oigan, si nadie nos pela nos vamos. Son unos burros

<carlos y aníbal los fregones salió de la sesión>…

>luli luli luli luli: niñas, no sean taradas no manden mensajes repetidos

>500 patadas: oigan, miren, está el tipo!

<perro rabioso ingresó a la sesión> Hooooooooola de nuevo ¡¡¡ya lo arregloamsssss!!!

>**José Ramírez, su amigo:** Gracias, "500 patadas", ¿tienen alguna pregunta?

>**perro rabioso:** Sí, ¿quiénes son de la escuela del norte?

<**perro rabioso salió de la sesión**> ...

>**luli luli luli luli:** nosotros; y Luli es un apellido

>**las chicas perla:** ¡Hola! ¡Qué suave que sean de allá!

>**los más genios del mundo:** oigan ¿está padre por allá?

>**luli luli luli luli:** es una ciudad pequeña y tenemos el campo cerca

>**José Ramírez, su amigo:** Casualmente yo escribí una novela que transcurre en el campo.

>**los más genios del mundo:** acá también hay mucho campo

>**luli luli luli luli:** pero acá hay montañas, es bien al norte

>**los más genios del mundo:** ah, nosotros también somos del norte...

>**luli luli luli luli:** "genios", entonces somos de la misma escuela!

>**500 patadas:** oigan hay que hacerle preguntas al tipo

>**las chicas perla:** ¿gana mucho dinero con los libros?

<**perro rabioso ingresó a la sesión**> ¡Volvimos! Nosotros somos de la otra escuela que

\<perro rabioso salió de la sesión\> …

\>**José Ramírez, su amigo:** Lo más importante de ser autor es el encuentro con los niños.

\>**500 patadas:** Acá no hay montañas

\>**los más genios del mundo:** chavos ¿a qué juegan allá?

\>**las chicas perla:** ¿escribiría una historia sobre un perro que se llame Rafles?

\>**500 patadas:** ¡¡¡chicos!!! ¡las chicas perla son Natacha y Pati!

\>**luli luli luli luli:** ¡Hola Natacha y Pati! somos cuatro chicos amigos.

\>**José Ramírez, su amigo:** "Rafles" no me suena a nombre de perro, pero en uno de mis libros hay un gato que se llama Ramírez, ¡como yo!

\>**las chicas perla:** ¡No somos Natacha y Pati!

\>**los más genios del mundo:** Hola Natacha y Pati, somos dos amigos nosotros también

\<**perro rabioso ingresó a la sesión**\> Chicos, esta computadora es chafísima

\<**perro rabioso salió de la sesión**\> …

\>**500 patadas:** ¡Sí son Natacha y Pati!

\>**José Ramírez, su amigo:** Niños, mi nombre es Carolina y soy la editora. Quería volver a invitarlos a que hagan sus preguntas, ¡porque sabemos que tienen muchas por hacer! Recuerden que el autor es un hombre muy ocupado.

\<perro rabioso ingresó a la sesión> ¡Nosotros! ¡Nosotros tenemos una pregun

\<perro rabioso salió de la sesión> …

>las chicas perla: ¿Y por qué dicen que somos nosotras?

>500 patadas: ¡PORQUE ESTAMOS SENTADOS AL LADO SUYO! ¡Y VEMOS LO QUE ESCRIBEN!

>las chicas perla: ¡SON UNOS TARADOS!

>luli luli luli luli: Hola Natacha y Pati, nosotros somos Martín, Aníbal, Diego y Óscar.

\<perro rabioso ingresó a la sesión> Oigan, déjennos ahcer una prehunta

>José Ramírez, su amigo: A ver, "perro rabioso", ¡adelante!

\<perro rabioso salió de la sesión> …

>los más genios del mundo: ¡Hola, Natacha y Pati! ¡Cuenten cómo es allá!

>las chicas perla: ¿Por qué dijo que Rafles no es lindo nombre para un perro? es lindísimo, y además es rebueno, es muy amiguero y lo queremos mucho.

>los más genios del mundo: Nosotros teníamos un montón de preguntas pero olvidamos el papel, ¿se pueden inventar otras?

>luli luli luli luli: Natacha y Pati: ¡mándenos una foto! ¡No sean malas!

>José Ramírez, su amigo: ¿Ustedes tienen un perro con ese nomrbe?

>las chicas perla: "con ese nombre"

>José Ramírez, su amigo: … sí, perdón, con ese nombre?

>las chicas perla: No sé, ¿por qué?

>500 patadas: ¡Sí! ¡Natacha tiene un perro que se llama "Rafles"!

<perro rabioso ingresó a la sesión> FGJcccc2@%$

<perro rabioso salió de la sesión> …

>las chicas perla: ¡ÉSE ES EL TARADO DE JORGE QUE SE METE EN LO QUE NO LE IMPORTA!

>500 patadas: Yo me meto en lo qu eq…

>500 patadas: ¡CHAVOS! ¡NATACHA Y PATI SE CRUZARON Y NOS PEGARON!

>luli luli luli luli: Oigan, manden una foto, no sean gachas.

<las chicas perla salió de la sesión> …

>los más genios del mundo: Nos tenemos que ir porque la miss dice que estamos escribiendo puras babosadas. ¡Bye! ESTUVO CHIDÍSIMO

<los más genios del mundo salió de la sesión>…

>José Ramírez, su amigo: Niños, soy yo, la editora nuevamente, ¿no van a hacer sus preguntas?

<perro rabioso ingresó a la sesión> ¡Sí

<perro rabioso salió de la sesión> …

>luli luli luli luli: Oigan, díganle a Natacha y Pati que manden una foto, no sean mala onda, ya nos vamos también. ¡Adiós a todos! ¡Fue genial conocerlos! ¡Vengan a

visitarnos! ¡Adiós al escritor también! ¡Muy lindo todo lo que contó, nunca habíamos conversado con un autor de verdad!

>500 patadas: Vengan ustedes también a visitarnos, después nos damos las direcciones, ¡vengan en las vacaciones! Nos vamos porque viene la bigotuda.

<luli luli luli luli salió de la sesión> …

<500 patadas salió de la sesión> …

<perro rabioso ingresó a la sesión>¡Ya está! ¡Tuvimos que cambiar de compu! Queremos preguntarle cuándo escribió su primer libro, de qué trataba, a qué edad empezó a escribir, qué hay que hacer para ser escritor, queremos mandarle los cuentos que nosotros escribimos, ¿nos da su dirección? ¿de dónde saca las ideas? ¿cómo hace para imaginarse esas cosas? ¿de qué van a tratar los próximos libros? ¡Nos puede decir de qué tratan estos libros? porque los íbamos a comprar y no nos alcanzó entonces uno consiguió una fotocopia ¡pero más chafa! y estaba toda remal hecha y le faltaban unas partes y medio no se entendió la historia, ¡pero estaba buena!

<José Ramírez, su amigo salió de la sesión> …

<escuela 16 ingresó a la sesión> Hola, llegamos tarde porque la maestra se enfermó, pero nos dijo que viniéramos igual, nomás que no la queríamos dejar sola porque tenía un color reteraro.

El cuerpo humano del hombre y de la mujer

El cuerpo humano del hombre está formado por una gran cantidad de órganos, huesos, sistema digestivo, ojos, aparatos visuales, córnea y tacto. El de la mujer también. Si yo imagino mi cuerpo humano por dentro me da un poco de asquito (¡aunque es una maravilla de la naturaleza!). El sistema óseo por ejemplo es el encargado de proteger las partes débiles como los ojos y el cerebro, que es muy blandito y está hecho del sistema nervioso (que es lo que mi mamá dice que le pongo de punta). El sistema circulatorio lleva los alimentos a todas las partes del cuerpo como un mesero que va a la cocina y reparte la comida según qué hayan pedido en cada mesa aunque a veces se equivocan, y el oxígeno. Está formado por el corazón, las arterias, los vasos sanguinarios, las venas y casi nada más. Cuando uno piensa se le va más sangre a la cabeza y si camina tiene que pensar menos. El sistema urinario tiene cuatro composiciones por ejemplo: la vejiga, los riñones, la uretra y los uréteres. El sistema digestivo tiene de todo: boca, esófago, estómago (¡las vacas tienen tres rumiantes!), intestino delgado, colon, la santa maría, la pinta y la niña… ¡No, mentira! (ja ja ja), y el recto (que no es derechito). El sistema respiratorio es todo lo contrario con sus hermosos bronquios, pulmones, etc. El sistema reproductor es o pene o vagina, o varios o testículos (según), y otras partes; y es el encargado de asegurar la continuidad de la especie humana en nuestro planeta porque es como la fotocopiadora de personas pero no es tan tan tan así, es más o menos, por suerte, porque la de la papelería de enfrente de la escuela salen todas mal y bien que las cobra igual porque no la limpian nunca a la máquina igual y ni tinta le pone. Si esa mujer por ejemplo hiciera los hijos como hace las fotocopias valió la especie porque saldrían todos disparejos que no se entiende nada, a veces con unas manchas que uno dice: ¿Qué onda? y a veces claritas, claritas, claritas, que no hay quién las lea; pero a ella qué le importa y las cobra igual. ¡Qué suerte que la de la papelería no sea la encargada de la continuidad de la especie! El sistema digestivo es el encargado de la comida, el circulatorio de la sangre y el respiratorio del aire, y así cada uno hace algo como las abejas. Además no se pueden ayudar, por un caso si el sistema óseo le pidiera al sistema respiratorio: "Aguántame el cuerpo tantito, que tengo que ir al baño", porque el encargado de ir al baño es el sistema digestivo, y el respiratorio es tan blandito que se quedaría sin aire.

Yo creo que falta inventar el sistema de la piel porque si no se vería todo y por suerte se inventó la piel, para que no sea tan asco. ¡Viva el sistema de la piel!

Firma: Natacha (de las Chicas Perla)

Picnic en el balcón

Pati y Natacha hacen un pequeño picnic en el balcón, es de noche. Tienen refrescos, papitas, sándwiches de jitomate. Están sentadas mirando el cielo, ensoñadoramente, rodeando las rodillas con los brazos.

—Pati, ¿te imaginas qué lindo si se pudiera ir a la Luna de día?

—Si eres china se puede porque están del otro lado, Nati.

—Pero y si quieres ir a la Luna sin ser china… pero de día.

—No se puede, Nati, porque no hay Luna de día; no la encontrarías.

—O perderías tiempo buscándola, ¿no?; se te hace de noche y la encuentras.

—Creo que los rusos van de día… Porque los norteamericanos fueron los primeros en llegar pero de noche… ¿Por?

—No, porque me gustaría poner un negocio, imagínate; pero de noche es feo.

—Lo que creo es que siempre es de noche en la Luna, ¿no?

—¡Ah, sí! ¿Te acuerdas que eso lo vimos con la miss? Que en la Luna no hay "día" o "noche", porque se llama "eclipse".

—¿Y era "eclipse día" o "eclipse noche", Nati?

—Creo que sí… no va a ser el mismo eclipse todo el día, tooodos los días.

—Entonces no importa qué eclipse es, pones el negocio y ya.

—Sí, pero regresas a la Tierra de noche y es feo, porque el Rafles de noche se asusta, entonces sería todo el viaje con el Rafles ladre y ladre.

—Pero si es eclipse no se asusta, Nati.

—Pati, ¿tú crees que se da cuenta? Es más zonzo, a él le da lo mismo si es de día, de noche o eclipse; se pone a ladrar y punto. Un día lo bajan de la nave y yo después tengo que pedirle a mi papá que volvamos a buscarlo, y mi papá una vez lo hace, y otra vez chance y me dice que hay que dejarlo para que aprenda; entonces de día no se va a ver, como la Luna, y vamos a tener que esperar la otra noche, pobrecito, flotando solo como un zonzo; porque es un bestia, no aprende y cuando no quiere aprender se le mete en la cabeza que no aprende, ¡y no aprende!

—Bueno, pero pones el negocio de medio día, y ahí no importa si es eclipse o de noche.

—Ah, pos sí… ¿"Eclipse" será que no se ve tanto como de día?

—Yo digo que es como en la tardecita, ¿no?, que no es tan de noche; a lo mejor vas a tener que prender alguna luz para que no ladre.

—¿Sabes a quién le podemos preguntar?, a los rusos; llamamos a la embajada.

—Padrísimo, Nati. Ahí tienen que saber la luz que hace en el eclipse. ¿Quieres que llamemos mañana?

—Órale; pero no les digamos nada del Rafles, que es por él; inventamos que es por un trabajo de la escuela. Nos inventamos unos nombres.

—¡Sale! Yo les digo que me llamo "Priscila".

—¡Ay, Pati! ¡¡De dónde lo sacaste!?

—¿Qué tiene?, es inventado. Lo saqué de la tele.

—Búscate un nombre de persona, no sacado de la tele, niña.

—A mí me gusta, era de una actriz así, todo con el pelo súper largo, retelindo Nati, no sabes.

—¿Lo tenía con cola?

—No, suelto, Nati, ¡no sabes qué lindo!

—A mí me encanta el pelo así; pero mi mamá no me deja porque dice que ya así le cuesta peinarme. Pero de grande me lo voy a dejar. Bueno, tú ponte "Priscila" y yo…

—Tienes que buscarte uno, así, bien inventado, para que no te descubran.

—Y tipo espía tendría que ser… "Agente rosa", por ejemplo. Pero "rosa" no me gusta tanto.

—Ponte "Agente violeta", Nati, que es retelindo.

—Además me fascina ese color.

—Si es el más lindo, Nati, cómo no te va a gustar.

—Bueno, llamamos y les decimos que somos "Priscila" y "Agente violeta", que nos dieron un trabajo para la escuela.

—Sí, y que nos digan lo del eclipse, si hay mucha luz o si tú vas a tener que poner luz en el negocio; pero ni lo nombramos.

—Claro… (*silencio mira el cielo*).

—… (*Silencio mira el cielo*).

—¡Pati! ¡Una estrella fugaz!

—¡Pidamos tres deseos rápido, Nati!

—Eeh… (*sacude las manos*) Que el eclipse tenga mucha luz… Eeeh ¡Que el Rafles no se asuste y ladre!

—¡Y algo del negocio, Nati! ¡Rápido, niña! ¡ÁNDALE!

—¡Ay, ayúdame! (*sacude las manos*).

—¡Que pongamos un negocio!

—De pelos, Pati. Gracias (*silencio mira el cielo*).

—… (*Silencio mira el cielo*).

—¿Quieres más refresco, Pati?

—Órale, ¿quieres papitas, Nati?

—Sí, toma.

—Gracias, toma la papita, Nati, ¡Híjole, mira quién viene! El Rafles.

—(*Susurro*) Cambiemos de tema, Pati, hablemos de cualquier cosa… ¡Hola, Raflicitos!, ¿quieres que te sirva refresco en una tacita?

—No, Nati; se infla y va a eructar (*risa*).

—(*Risa*) Pati, ¿no quieres que le demos, a ver si eructa en serio?

—¡Padrísimo, Nati!

—¡Pérate que voy a buscar una taza más grande! (*corre a la cocina*).

—Raflicitos, tú quédate aquí que ahora tu mami te trae algo rico, rico.

Visita a la granja

La escuela organiza una visita a una granja. La maestra les comenta que verán animales, realizarán tareas rurales y aprenderán cuántos productos le debe la ciudad al campo. También les anuncia que, al regresar de esta visita que durará todo el día, deberán escribir una composición sobre lo que les llamó la atención.

Natacha y Pati deciden que es mejor escribir esa composición antes de la visita, así ya no les queda ninguna tarea pendiente al regresar.

¡QUÉ HERMOSA LA VISITA A LA GRANJA TAN ÚTIL PARA LA CIUDAD!

La miss y la escuela nos llevaron a una granja muy interesante llena de animales y productos para la ciudad. Los niños se portaron muy bien, pero las más felicitadas fuimos las niñas, sobre todo las Chicas Perla, por lo bien que nos portamos y todo lo que aprendimos por ejemplo: la leche. Las gallinas cacarean mientras ponen huevos en su corral de un alambre se llama. Aprendimos muchas cosas que le debe el campo sin la electricidad usaban lámparas a fuego donde se hace el queso y antes cuando había almohadas de pluma, como ser los gansos. Los niños aprendieron a ir a caballo y las niñas también fuimos mirando el paisaje tan lindo para la ciudad. Los niños corrían carreras y las niñas fuimos a ver cómo nacían los animales de la granja donde los habitantes amanecen hasta que se va el sol. ¡Qué importante es la granja para las ciudades! ¡Cuántas tareas rurales!

Firman: Las Chicas Perla

ESCENAS DEL DÍA DE VISITA A LA GRANJA

Ni bien llegaron les dieron un trozo de masa a cada uno, para hacer un pan que se llevarán al terminar la visita.

—¡¡¡Maestra!!! ¡¡¡Rubén escupió en su masa!!! (*Leonor*).

—¡No es cierto, miss! ¡Y Leonor pellizcó un pedazo de su masa y se la comió cruda!

—¡No seas asqueroso, niño! (*Leonor le pega*).

—¡Pérate, niña, que tienes harina en las manos! (*Rubén*).

✦ ◆ ✦

El recorrido comienza por la microempresa de Huerta, Flores y Lombrices. Natacha tuvo que ir al baño, Pati le resume lo que explicó el coordinador.

—Primero hay que remover toda la tierra así (*Pati*).

—Es más despacio, niña (*Fede*).

—Nada que ver, niño. Más rápido para que el oxígeno no se escape (*Pati*).

—¡Es más lento para que no se escape! (*Fede*).

—No le hagas caso, Pati, deja que lo haga mal y tú dime cómo enseñaron (*Natacha*).

—Sale, y después que lo revuelves, hay que abandonarla con la tierra de las lombrices (*Pati*).

Se acercó Jorge:

—Chavas, ¿oyeron lo que comen las lombrices? Pura basura.

—No empieces a molestar, niño (*Pati*).

—El coordinador lo dijo: cáscara de huevos, caca de las vacas.

—¡Jorge, cómo crees que hay que ponerle eso a las flores!

—Señor, ¿nocierto que las lombrices comen caca?

—… (*Risas, risas, risas de todo el grupo*).

✦ ✦ ✦

—Pati, ¿de cuáles dijo que eran los insectos?

—Estaban los benéficos…

—Sí, y los… ¿"depravadores", eran?

—¡Sí! ¡Ésos!

✦ ✦ ✦

—Miss…

—Sí, espera un minuto, Nati.

—Miss…

—Un minuto, Nati; que quiero anotar algo.

—Oiga, miss…

—(*Uno, dos, tres…*) Sí, dime.

—Nicolás no quiere ir a la huerta porque dice que la lechuga y el brócoli lo hacen guacarear.

✦ ✦ ✦

—¡Miss! ¿Podemos ir a ver si el pan se está horneando? (*Natacha, junto a Pati*).

—No, niñas; sigan con el grupo.

—Pero queremos ver si se está horneado, miss (*Pati, tomada de la mano de Natacha*).

—Seguro que se está horneando; ahora sigan con el gru…

—¡Padrísimo, miss! ¿Podemos ir a ver cómo se está horneando?

—… (*Maestra se agarra la cabeza; uno, dos, tres…*).

✦ ✦ ✦

—¡Miss! ¡Jorge y Rubén están molestando a los gansos con un palo!

✦ ✦ ✦

—Pati, ¿viste qué ojos tienen los conejos?

—¡Nati! ¡Mira cómo hacen con la naricita!

—¿Viste que son todo rosados? Todo, todo. Completos. Medio feos, ¿no?

—Ay, mira ese chiquito, ¡qué hermoso!

—Son medio raros, los ojos, ¿no, Pati?

—¡Ay! ¡Parece de peluche! ¡Qué lindo!

—Yo nunca había visto un animal con los ojos así… No me gustan.

—¡Me muero! ¡Son lindísimos!

—Parecen ojos como de un asesino, ¿viste?

—Son recalladitos y buenitos, ¿viste, Nati?

—¿Vamos a ver qué hay más allá?

—¡Sale! ¡Vamos!

—(*Se toman de la mano y salen corriendo*).

❦ ❦ ✦

—Miss, ¡qué viento tan feo! (*Sabrina, molesta*).

—No podíamos saber que hoy iba a hacer tanto viento.

—¡Se vuela todo, miss! ¡¿Por qué hay este viento?!

—No podemos hacer nada, Sabrina.

—¡Uf! Sí, pero no quiero, miss; se vuela todo.

—¿Quieres ir adentro un rato?

—No, es aburrido (*enojada*).

—Ahí no sopla viento.

—Pero todos están afuera, no hay nadie adentro (*enojada*).

—Entonces aguántate.

—¡Se me llena de tierra el pelo, miss! ¡Es una porquería este viento!

—(*Uno, dos, tres…*) Bueno, enton…

—¡Niñas! ¡Esperen que voy con ustedes! (*corre contenta hacia un grupo*).

—(*Tres mil, tres mil uno, tres mil dos…*).

❦ ❦ ✦

—Pati, ¿viste que el gallo no importa? (*Natacha*).

—¿Cómo "no importa"?

—Que no es como las personas.

—¿Cómo?

—Que si la gallina pone un huevo y lo guardas en el refri es para comer, y si lo guardas en la incubadora esa que nos mostraron, sale un pollito, ¿entiendes?

—Aaaaah…

—El gallo no tiene nada, nada, nada que ver.

—¿Y para qué lo tienen en la granja?

—No sé. ¡Ah, ya sé! ¡Canta en las mañanas!

—¿Dijo el coordinador?

—No, ¿te acuerdas de esa canción que nos enseñó el de música? "Todo el mundo espera su cocoricó, el sol no salió porque aún no lo oyó", ¿te acuerdas?

—Aaaaah…

✦ ✦ ✦

—¡Miss! ¡Mire a Federico! (*Nicolás, triunfante*).

—Se me cayó un pie en el lodo, miss (*compungido*).

—¡Mire! ¡Hasta la rodilla, miss! (*Nicolás, feliz*).

—Pero… ¿cómo te ensuciaste así, querido? (*maestra, fastidiada*).

—No, que los niños venían empujando los patos con un palo y yo no hacía nada, los miraba nomás; pero no vi, y un pato pensó que yo también…

—¡El pato lo picó en la cola, miss! ¡Y Fede se asustó y se cayó al lodo! (*Nicolás, feliz*).

—Niñas, ¿por qué hay que esquivar las ovejas? (*Valeria*).

—Esquilar dijo el coordinador (*Natacha*).

—Ahora pesco a Rubén que me dijo, y lo mato por tarado (*Valeria, decidida*).

—¡Uy, miss! ¡Mire lo que están haciendo los caballos! (*Jorge*).

—¡Miss! ¡Natacha cuando ordeña nos moja a los niños! (*Fede*).

—¡Mentira, miss! (*Natacha, riéndose*).

—¡Mire! ¡Otra vez, miss! (*Rubén*).

—Natacha, ¿se puede saber cómo estás ordeñando? (*la maestra*).

—Así, miss, como dijo el coordinador: primero le tiro para abajo, después le tiro para arriba.

—¡Pero nos apunta el chorro a nosotros, miss! (*Fede*).

—¡Mentira! ¡Cállate, menso!

—Además hace media hora que está ordeñando y nos toca a nosotros (*Jorge*).

—Si apenas empecé, niño.

—Mentira. ¡Miss, Natacha ordeña todo y cuando nos toque va a estar vacía la vaca! (*Rubén*).

✦ ✦ ✦

—Miss, ¿podemos soltar al perro?

—¿¡Cuál!?

—Ese grande que está atado allá.

✦ ✦ ✦

REDACCIÓN QUE NATACHA Y PATI ESCRIBEN
AL REGRESAR

La visita estuvo padrísima y aprendimos de las herramientas de la granja el arado el pluviómetro y otro que mide la temperatura de la evaporación y la veleta. Los conejos tienen unos ojos muy sanguinarios, pero son muy hermosos y todos los niños deberían tener uno en sus casas. La granja está llena de instalaciones, montes frutales, mermeladas como los higos, el durazno, ¡súper ricas! Había un cerdo como de doscientos kilos que se llama "Juancho", y su esposa es una puerca que no viven juntos, ni tiene nombre porque se comió a sus hijitos del estrés por los nervios de vivir encerrada con tantas visitas. Jorge se cayó del caballo. Rubén y Fede fueron juntos y Fede como no sabía aceleró el caballo sin querer y Rubén se cayó en el lodo por suerte que no se hizo nada. A Valeria, Leonor y Sabrina las corretearon las gallinas y los niños molestaron a las vacas con un palo pero vino el toro. Con Pati íbamos muy tranquilas pero el caballo era muy manso y se descontroló y nos caímos despacio por suerte y ahí había un perro ¡y nos lamió la cabeza! A Nicolás un pato le mordió las pompas pero no fue culpa de él. Pati y yo nos estábamos fijando si una gallina había puesto huevos y vino la gallina y nos picó en la pierna. Rubén nos contó que su papá le dio un caramelo a un oso una vez que fueron a un zoológico y el oso empezó a correr por toda la jaula. Sabrina dice que en un zoológico se compró un patito que se acostumbró con ella y piensa que es su mamá y la sigue por toda la casa. Había viento todo el día, se volaban las cosas y era un lío con el pelo. La miss a veces se enojaba pero tenía razón porque algunos niños se portaban mal o pasaban cosas como Jorge que se distrajo y vino una gallina y le hizo pipí en un pie. Después nos volvimos cada uno con el pan que habíamos hecho. ¡Súper rico! Le dijimos a la maestra que tenemos que hacer un campamento; y ella no nos quería hacer caso primero; pero después dijo que sí, este año no; pero que sí.

Función trasnoche

Fin de un largo día. Los padres, cansados, duermen. Natacha no puede conciliar el sueño, golpea la puerta de la recámara de sus papás.

—¿Sí? (*papá dormido*).

—¡¿Qué pasa, Nati!? (*mamá, sobresaltada*).

—Me desperté.

—(*¡Oh, no!, de papá*) Bueno, acuéstate y vas a ver que te duermes, Nati.

—No, pa, porque ya probé y no me dormí.

—(*Madre se levanta, abre la puerta*) …

—Soñé con una cosa, mami.

—¿Qué, mi amor? (*le acaricia la cabeza*).

—No sé qué era… como una cosa que me dio miedo y mejor me desperté.

—(*ZZzzz desde la cama*) Bueno, Nati, acuéstate y vas a ver…

—¡No seas así, papá! ¡¡No oíste que soñé acostada y tú quieres que me vuelva a acostar!? ¡Voy a soñar de nuevo!

—Vamos, te acompaño a tu cama (*mamá*).

—No, déjame un ratito con ustedes y después me regreso sola.

—(*ZZzzz desde la cama hace que no con un dedo*) …

—¡Papi, no seas egoísta! Tú porque no duermes solo, qué listo.

—Pero si tú duermes con Rafles, mi amor, ¿no te cuida?

—Ah, eso, mami: el Rafles ronca y se estira y ocupa toda la cama.

—¿Quieres que lo llevemos a dormir a la azotehuela? (*Mamá ojos-que-se-cierran*).

—(*ZZzzz desde la cama*) Eso, Nati, llévenlo afuera y vas a ver que dor…

—¡Papi, no seas malo, pobre Rafles!

—Pero, ¿no que te molesta? (*MamáZZzz…*).

—Me gusta que duerma conmigo; da un poco de vueltas nomás, porque sueña que pelea, ¿no? Y, a veces, cuando gana hace como si ladrara un poquito, así, ¡arf!, una sola vez.

—Bueno, mi amor, entonces, ¿ya pasó?

—No, ma, déjame un ratito nomás, un ratitito y después ya me voy sola, vas a ver.

—Bueno, pasa.

—(*ZZzzz desde la cama hace que no con un dedo*) …

—Papi, no seas así y prende tu lámpara, así no está tan oscuro.

—(*ZZzzz desde la cama*) Mejor así, entonces no te despiertas del todo, Nati.

—¡Ay, papi! Mira que eres gracioso, ¡ya estoy despierta del todo! Un ratito y me voy, pero así oscuro no se ve nada.

—(*ZZzzz tantea buscando el interruptor, hace caer el despertador*) Uf...

—Fíjate bien con la mano, papi (*risita*).

—(*ZZzzz tantea, tantea, cae otro objeto, ruido raro*) F%$·&%Mñ!ngrrrs...

—(*Madre enciende su lámpara*) ....

—(*Padre se cubre la cara con la sábana para tapar la luz*) ...

—¡Ay, papi! ¡Qué exagerado! (*risa*).

—(*Desde el cuarto de Natacha se oye un breve ladrido, luego uñas por el piso del pasillo*)...

—Que no venga el perro a esta hora (*papá debajo de la sábana*).

—Yo lo regaño, papi, no te preocupes. Hola, Raflicitos; pórtate bien porque si no te vas, ¿sí?

—Bueno, Nati, ya pasó, ¿no? Vamos, te acompaño (*mamá ojo-dormido*).

—No, espera que te hago una preguntita nomás y me voy... deja ese calcetín de papi, Rafles.

—A ver, ándale y a dormir (*mamá ojo-y-medio dormido*).

—¿Viste que antes de conocer a papi tú estabas casada y te separaste, no?

—(*ZZzzz debajo de las sábanas: ¡oh, no!*)…

—Quédate con papi que ya vengo (*mamá huye hacia el baño*).

—Oye, papi, quítate la sábana si no, no me oyes.

—Sem… (*asoma papá cara-dormida*).

—Bueno, ¿y viste que antes de conocer a mami tú tenías novia?

—Sem… (*papá cara-dormida*).

—Bueno, si esas personas, que estaban con ustedes antes, se hubieran conocido para tener un hijito, ¿yo habría nacido con ellos?

—(*Papá se mete debajo de las sábanas*) …

—Es en serio, papi, ándale.

—Nati, ¿te despertaste por pensar eso? (*papá asoma*).

—No, me asusté con una pesadilla que soñé, entonces como no me dormía, aproveché y me puse a pensar para preguntarles; ándale, dime.

—Nada que ver, Nati; pero nada de nada que ver. Tú eres hija de mami y mía que, casualmente, estábamos durmien…

—Y otra pregunta, papi, ¿o mejor espero a mami?

—Yo ya salgo, me demoro un poquitín, sigue con papá (*mamá desde el baño*).

—No te preocupes, mami, mejor te espero.

—Si, "te esperamos, mami" (*papá sonríe con maldad*).

—Última y a dormir, Natacha (*mamá sale del baño*).

—No, que si ustedes hubieran tenido otra hijita, Pati podría haber sido mi hermana, ¿no?

—Natacha, Pati es hija de "sus" papás, y tú hija nuestra; y ahora basta y a tu cam...

—No, pérate, mami, que ésa no era la pregunta; pero suponte que ellos se hubieran conocid...

—¡...! (*Papá se agarra la cabeza*).

—Nati, ¿qué te pasa? Esas personas no se conocieron, cada uno hizo su vida... (*mamá*).

—¿Cómo "subida"? Rafles, deja el calcetín de papi.

—"Su-vida", Nati, la vida de cada uno.

—Aah, mami, ja ja ja, ¿sabes que te entendí? ¡Que se habían subido! Ja ja ja ¡Qué loco! ¿No, mami?

—Sí, "qué loco", y ahora a tu cama, Natacha.

—Pero no me respondieron.

—¿Qué cosa, Nati? (*mamá*).

—Suponte que en vez de casarse "ustedes dos", se hubieran casado "ellos dos", ¿no? Yo, ¿de quién sería hija? ¿Igual de ustedes, no?

—Nati, eres hija nuestra porque "nosotros" nos conocimos (*papá ojo-y-medio abierto*).

—Ah, y ellos podrían haber sido los papás de Pati, ¿no?

—No, Nati, ¿de dónde sacas esas ideas? (*papá dos-ojos despierto*).

—Pero ahí, Pati ¿hubiera sido como mi hermana? No, ¿no?

—Nati, mañana en el desayuno platicamos lo que quieras, ahora… (*mamá*).

—No, porque resulta que Sabrina, la mamá se casó con el papá de Sabri, que ya tenía un hijito, o sea que ella ya tenía un hermano "antes" de nacer, y, a veces, duerme con Sabri porque la quiere mucho.

—Ahá… (*papá*).

—… (*Silencio Natacha*).

—¿Y, Nati? (*mamá*).

—No, y eso.

—¿"Y eso", qué? (*papá*).

—"Y eso", eso.

—¿Qué "eso"? (*papá*).

—¡"Eso", papi, no seas! Un hermanito más chico, ¿o qué quieres? ¿Que me gustaría que tengan un hermano más grande? ¿No ves que no se puede?

—(*Papá dos-ojos bien abiertos*) …

—(*Mamá dos-ojos bien abiertos*) …

—Bueno, me voy a la cama… un beso (*bosteza, da un beso a cada uno*).

—¡…! (*Papás ojos-abiertos*).

—Ven, Raflicitos, deja el calcetín de papi… o bueno, tráelo, así no haces lío (*bosteza hacia su cuarto*).

Bonus track

¡Miss! Tenemos que hacer un campamento.

Sí, sí. Este año, no, pero sí.

Luis María Pescetti

www.luispescetti.com

Nació en San Jorge, Santa Fe. Es escritor, actor y músico. Trabajó en televisión y conduce programas de radio en México y Argentina; presenta sus espectáculos en esos países y España, entre otros.

Ha realizado seis discos con espectáculos grabados en vivo: *El vampiro negro, Cassette pirata, Antología, Bocasucia, Qué público de porquería* e *Inútil insistir.*

Entre los premios internacionales que ha recibido, mencionamos los Destacados de ALIJA y el Premio Fantasía (Argentina), el Premio Casa de las Américas (Cuba) y The White Ravens (Alemania), que obtuvo en tres oportunidades.

Su amplia producción de libros para niños es reconocida en Latinoamérica y España. Algunos de sus títulos son: *Caperucita Roja (tal como se lo contaron a Jorge), El pulpo está crudo, Frin, Lejos de Frin, Natacha, Querido Diario (Natacha), ¡Padrísimo Natacha!, Bituín, bituín Natacha, Historias de los señores Moc y Poc, Nadie te creería* y (para adultos) *El ciudadano de mis zapatos.*

Índice

Este libro terminó de imprimirse en Septiembre de 2013
en Editorial Penagos, S.A. de C.V., Lago Wetter
núm. 152, Col. Pensil, C.P. 11490, México, D.F.